Hola, soy Tatiana.

¿Tu nombre es...? ____________________

¡Ser un niño es difícil!

Jennifer Moore-Mallinos
Ilustraciones: Marta Fàbrega

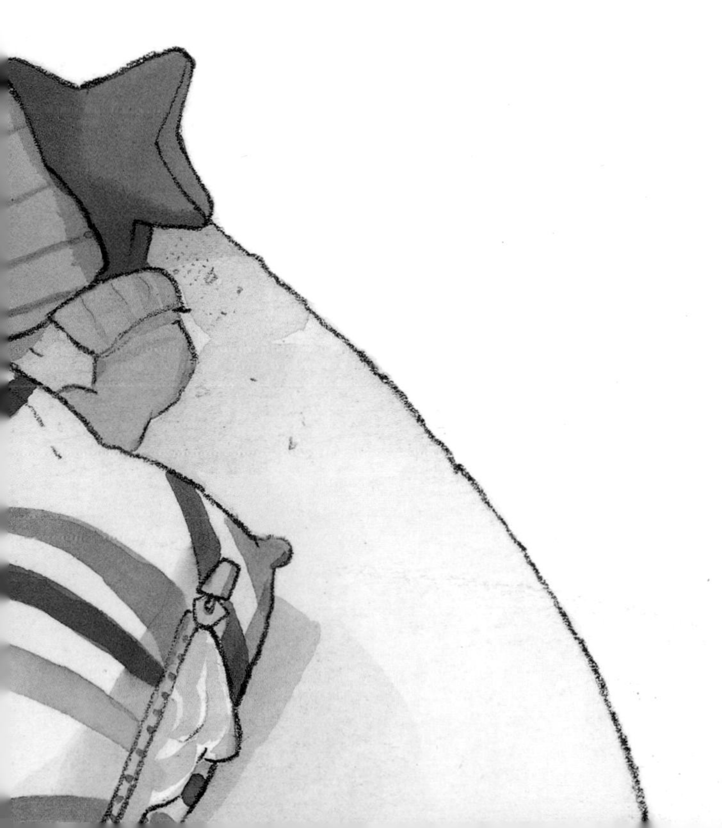

¡SER UN NIÑO ES DIFÍCIL!

A veces ser niño no es nada fácil. Debemos hacer tantas cosas, aunque no tengamos ganas... Tenemos que ir a la escuela, hacer los deberes, hacer nuestra cama CADA DÍA, ordenar nuestro cuarto y cepillarnos los dientes...
Y lo peor de todo es que ¡nos tenemos que comer TODA la verdura que nos pongan en el plato, aunque no nos guste!
¿Qué trabajos tienes que hacer tú en casa?

¡QUIERO CRECER YA...!

Los mayores tienen suerte...
Pueden hacer lo que quieran,
y no tienen que hacer nada que
no quieran hacer: nunca han
de sentarse en la mesa y comer
algo que no les guste; si quieren,
pueden quedarse despiertos hasta
muy tarde, y pueden ir descalzos
por casa sin que nadie les regañe.
¡No es justo! ¡Quiero crecer ya!

LOS NIÑOS LO PASAMOS MAL

¡Los niños lo pasamos mal! Donde vayamos, siempre hay reglas, y siempre hay también un adulto que se encarga de que las cumplamos. En casa están los padres, que nos recuerdan una y otra vez que recojamos los calcetines del suelo, que colguemos el abrigo... Y en la escuela hay tantas normas que los profesores nos tienen que dar una lista para que las recordemos.

¡NOS VIGILAN!

Da igual donde vayamos: siempre nos vigilan. ¡Los mayores están en todas partes! Cuando vamos a la biblioteca, la bibliotecaria nos vigila para que no hablemos ni hagamos demasiado ruido, y cuando jugamos en la calle, los vecinos nos vigilan para que no rompamos nada.

Manga
DASA
KANEM
LAGO
240
CHAD
AB

¡ATENCIÓN, MAYORES!

¡Los mayores, incluso se vigilan entre ellos!
Si alguno conduce a demasiada velocidad,
otro—normalmente un policía—
le pondrá una multa por no
obedecer la ley. Es curioso que
los mayores se olviden
de seguir una regla que ellos
mismos inventaron...

REGLAS, REGLAS... Y CONSECUENCIAS

Cuando desobedecemos las reglas,
nos riñen y nos castigan y no nos
permiten hacer las cosas que
nos gustan más, como ver la tele,
jugar en la computadora o estar
con nuestros amigos.
¿Qué ocurre cuando haces
algo que no debías hacer?

¡SER UN NIÑO TAMBIÉN PUEDE SER MUY DIVERTIDO!

A veces es duro ser un niño, pero muchas otras no lo es tanto, sino al contrario, es muy divertido. Los niños podemos hacer muchas cosas entretenidas, como subir a un árbol, jugar en la arena, pasar corriendo bajo la lluvia del aspersor un día caluroso o compartir un helado con un amigo.
¿Qué te gusta hacer para divertirte?

¡NO ESTÁ MAL HACER ALGUNA TONTERÍA DE VEZ EN CUANDO!

Ser niño significa que en ocasiones puedes hacer alguna tontería, como ir a clase con un peinado increíble o ponerte la camisa al revés. Incluso está bien ensuciarse de barro de los pies a la cabeza...
¡siempre que seas un niño, claro!
¿Qué tonterías te gusta hacer a ti?

¡NO ES TAN DIFÍCIL SER NIÑO!

Ser niño tal vez no sea tan difícil. Porque, al fin y al cabo, ir a la escuela, cumplir un montón de reglas y divertirse no es algo muy terrible. En lugar de preocuparnos pensando en lo difícil que es ser un niño, debiéramos simplemente ser niños y disfrutar.

Ser niño podría ser todavía más
difícil si no hubiese adultos cerca
de nosotros para ayudarnos.
Si no existiera ninguna regla
y pudiésemos hacer lo que
quisiéramos, piensa en la
cantidad de cosas que podrían
suceder: tendríamos dolor
de barriga por haber comido
demasiados caramelos,
o estaríamos enfermos y con
fiebre por no habernos puesto
la chaqueta cuando hacía frío.

¡IMAGÍNATE UN MUNDO
SIN ADULTOS!

LOS MAYORES NO SON TAN MALOS, DESPUÉS DE TODO

Si no hubiera adultos a nuestro alrededor, ¿quién nos secaría las lágrimas cuando nos caemos de la bicicleta y nos despellejamos las rodillas? Y cuando tenemos una pesadilla, ¿quién comprobaría que no hay ningún monstruo debajo de la cama? ¿Y quién nos fotografiaría cuando cantamos en el coro de la escuela? Quizá los mayores no sean tan malos... ¿Qué cosas hacen los mayores que te ayudan?

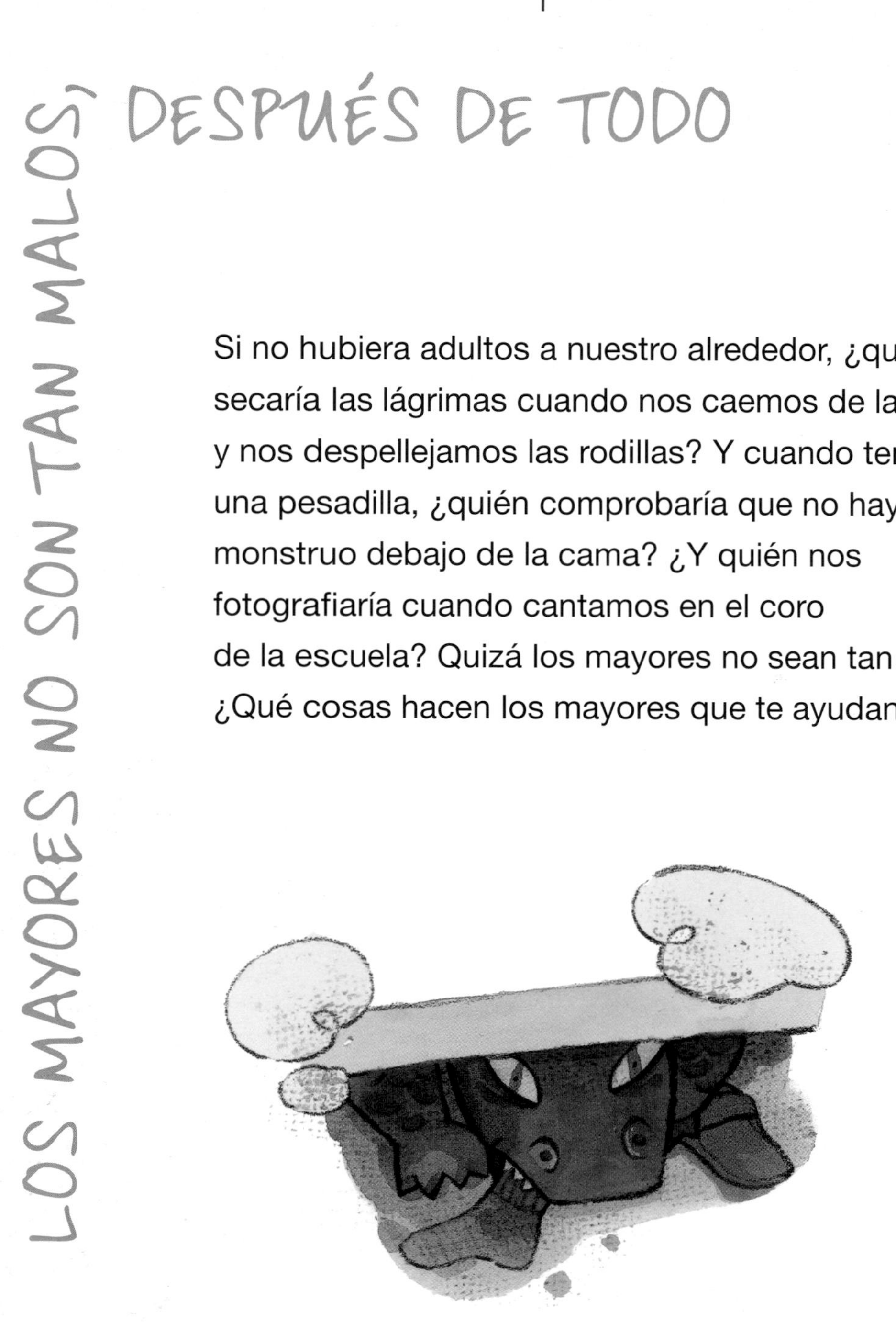

¡MÁS DIFÍCIL ES SER MAYOR!

Tal vez sea más difícil ser mayor y tener que ocuparse de tantas cosas. Los mayores deben preocuparse de tener dinero suficiente para pagar las cuentas, para tener comida para todos y, sobre todo, deben asegurarse de que no nos falte nada a los pequeños.

NO TENGO PRISA POR CRECER

Quiero divertirme y gozar estos años de mi vida. Quiero correr al parque y jugar todo lo que pueda, ir a la escuela y aprender muchas cosas, y obedecer a mis padres para que estén contentos. ¡Puedo esperar a crecer!

SIMPLEMENTE, ¡DIVIRTÁMONOS!

Nadie ha dicho nunca que ser niño sea fácil, y aunque a veces resulte difícil, ¡por lo general es muy divertido!

Actividades

CREA TU PROPIO MENÚ

¡Comer algo que no nos gusta no es nada divertido! Para que eso no ocurra muy a menudo, te ayudamos a crear tu propio menú.

Al comienzo de cada semana, con ayuda de tu padre o de tu madre, escribe el menú de cada día para almorzar y para cenar. Recuerda que tanto el almuerzo como la cena deben incluir algún producto de cada grupo de alimentos.

Así es como en la página siguiente te proponemos hacer tu propio libro de recetas con grandes ideas para hacer más sabrosa la verdura. ¡Incluye alguno de esos deliciosos platos en tu menú!

GRÁFICO DE TAREAS

A veces, ser niño y tener que recordar tantas cosas es difícil. Una manera sencilla de acordarnos de todo lo que hemos de hacer es un gráfico de tareas.

Hacerlo es muy fácil. Sólo necesitas un pedazo grande de papel de color o de cartulina, regla, lápices de colores o rotuladores y adhesivos (si es posible).

En primer lugar, usa la regla para trazar siete líneas verticales (de arriba abajo) y cinco líneas horizontales (de lado a lado, como muestra el dibujo). En los siete cuadrados de arriba escribe los nombres de los días de la semana con letras grandes y de colores. Luego en la columna a la izquierda, haz una lista de todas tus tareas, una debajo de la otra. Es tu propio gráfico, así que hazlo tan colorido y divertido como te guste. Cada vez que lleves a cabo una tarea, ponle un adhesivo o dibuja una estrella de colores en el recuadro correspondiente.

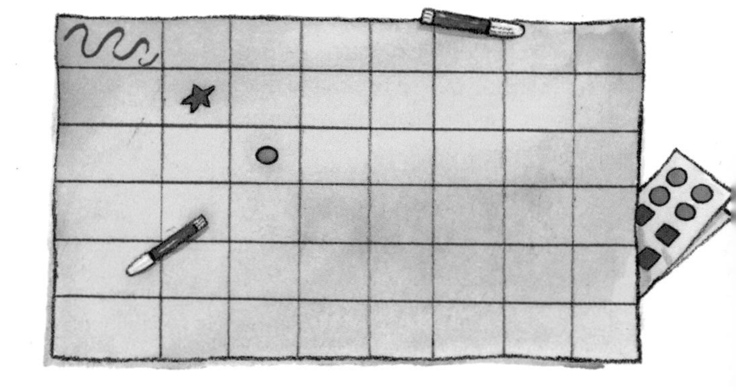

Coloca tu gráfico en un lugar donde puedas verlo en todo momento, como la puerta de la nevera o la pared de tu cuarto.

CAMBIO DE PAPELES

Ya que al parecer los mayores son muy afortunados porque pueden hacer lo que quieren, ¿qué te parece hacer un cambio de papeles? Así descubriremos si realmente lo tienen más fácil.
En primer lugar, busca a un adulto—puede ser tu padre o tu madre—que quiera hacer de ti un adulto por un día, o por unas horas. Pídele que te escriba una lista de las cosas que deberás hacer durante ese tiempo. Mientras seas «adulto», deberás hacer todo lo que figura en la lista. ¡Buena suerte y que te diviertas!
Cuando finalice el tiempo en que fuiste adulto, comenta tu experiencia con tus amigos y tu familia. Ahora, ¿crees realmente que lo tienen fácil?

LIBRO DE RECETAS: ¡DECORA LA VERDURA CON ESTILO!

Sí, es cierto: no a todo el mundo le gusta la verdura. Aunque sea buena para nuestra salud, no siempre tiene buen sabor. Quizá si le diéramos más estilo, la comeríamos más a gusto... Así pues, ¡hagamos un libro de recetas!
Para hacer tu libro de recetas no necesitas más que papel blanco, lápices de colores..., y, desde luego, ¡imaginación!
Para empezar, haz una lista de verduras. Luego, anota todas las ideas que se te ocurran para hacerlas más sabrosas. Puedes preguntar a quien quieras, para tener más ideas.
Cuando ya las tengas todas escritas, júntalas en forma de libro. ¡No olvides hacer una portada con muchos colores!

Puedes empezar, por ejemplo, con la coliflor: ¿de cuántas maneras crees que la podríamos hacer más apetitosa, y que tuviera incluso mejor sabor? Una forma de mejorarla es echarle por encima queso rallado antes de comértela, cuando aún esté caliente. ¡Así está riquísima! ¿Se te ocurren otras formas de hacerla más agradable al paladar?
¡Seguro que puedes reunir un montón de sabrosas recetas con una gran variedad de verduras!

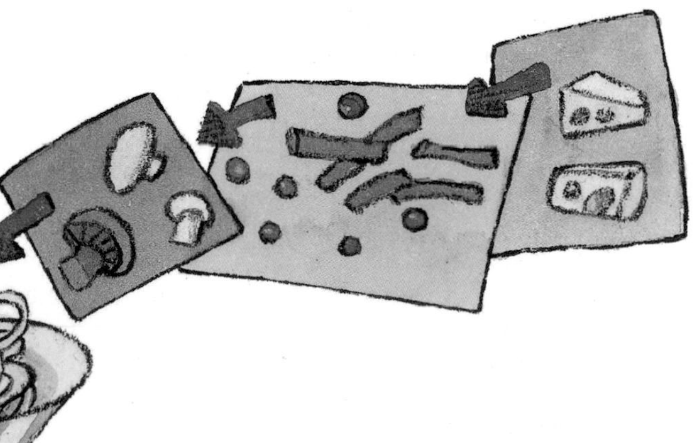

Guía para los padres

El propósito de este libro es el de exponer, desde la perspectiva del pequeño, algunas de las realidades de ser niño, lo que en ocasiones puede ser realmente difícil, en especial cuando tantas cosas parecen injustas y, además, hay normas, consecuencias... ¡y adultos por todas partes!

Al comienzo, el texto analiza ciertas expectativas de la infancia e identifica tareas concretas que los niños deben realizar, tales como hacer los deberes o su cama. La historia reconoce que ser niño implica diversas reglas y consecuencias que los adultos no sólo inventan, sino que, además, imponen. Conforme la historia avanza y se consideran realidades específicas de la edad adulta, se empieza a entrever que, después de todo, ser niño quizás no sea tan malo...

Muchos pequeños se sienten inclinados a glorificar la edad adulta porque creen que se trata de una etapa fácil y despreocupada. Como no se dan cuenta de las responsabilidades y las preocupaciones que conlleva la vida adulta, tienen prisa por crecer.

Una de las realidades de la sociedad actual es que los niños crecen a un ritmo acelerado. No sólo maduran antes tanto física como mentalmente, sino que desde muy pequeños se ven obligados a enfrentarse a una amplia variedad

de temas muy serios. En consecuencia, se les enseña a preocuparse por cuestiones concretas y relevantes, pero, lamentablemente, tanto los adultos como los niños dedican menos tiempo a conseguir que los niños sean simplemente niños.

Esperamos que después de leer este libro, niños y adultos por igual tengan una apreciación renovada de las perspectivas de ambos grupos y del lugar que cada uno ocupa en la vida del otro. Animamos a los pequeños a que dediquen más tiempo a ser niños y divertirse, y menos a pensar en hacerse mayores, y les recordamos que no es malo hacer alguna tontería de vez en cuando.

Para aprender a disfrutar más, en la segunda parte del libro sugerimos a los padres algunas actividades para que se diviertan con sus hijos. Cada actividad va acompañada de una explicación y un conjunto de instrucciones. Una vez que las hayan realizado, esperamos que ser niño sea un poco más fácil.

Hay muchas formas de interactuar con los hijos, y todas ellas son importantes. Dedicar tiempo a leerles algo a los pequeños es una manera magnífica de compartir con ellos unos momentos.

¡Diviértanse!

¡SER UN NIÑO ES DIFÍCIL!

Primera edición para Estados Unidos
y Canadá publicada en 2007 por
Barron's Educational Series, Inc.

Texto: **Jennifer Moore-Mallinos**
Ilustraciones: **Marta Fàbrega**

Dirigir toda correspondencia a:
Barron's Educational Series, Inc.
250 Wireless Boulevard
Hauppauge, New York 11788
http://www.barronseduc.com

ISBN-13: 978-0-7641-3587-3
ISBN-10: 0-7641-3587-2
Library of Congress Control Number 2006931026

Impreso en China
9 8 7 6 5 4 3 2 1